GUÍA DE LECTURA

Escrita por Evelyne Marotte
Traducida por Paula Barnola

El Vientre de París

de Émile Zola

Entiende fácilmente la literatura con

ResumenExpress.com

www.resumenexpress.com

ÉMILE ZOLA

ESCRITOR Y PERIODISTA FRANCÉS

- **Nacido en 1840 en París (Francia)**
- **Fallecido en 1902 en la misma ciudad**
- **Algunas de sus obras:**
  - *Nana* (1880), novela
  - *El Paraíso de las Damas* (1883), novela
  - *Germinal* (1885), novela

Émile Zola, nacido en 1840 y fallecido en 1902, está considerado como uno de los más grandes novelistas del siglo XIX en Francia. Se le reconoce principalmente como líder del movimiento naturalista, que trata de aplicar a la literatura los métodos científicos experimentales de la época: tras la observación de lo real, Zola crea una hipótesis y la verifica en sus obras mediante la experimentación. La serie de novelas de *Los Rougon-Macquart*, la obra principal del autor, se erige como la ilustración de esta estética. Esta crónica de veinte libros gozará de un gran éxito a pesar de las numerosas críticas que recibió.

Zola es también conocido por sus posicionamientos, los cuales le valieron, a menudo, alguna condena. El más notorio es el relativo al caso Dreyfus, donde su panfleto *¡Yo acuso!* (1898) contribuyó enormemente al feliz desenlace del proceso Dreyfus.

EL VIENTRE DE PARÍS

LA HISTORIA DE LOS NUEVOS MERCADOS CENTRALES DE PARÍS

- **Género:** novela
- **Edición de referencia:** Zola, Émile. 1886. *El Vientre de París*. Traducido por Emilio Mª Martínez. Barcelona: Gasso Hermanos Editores
- **Primera edición:** 1873
- **Temáticas:** comida, revolución, sociedad francesa, política, complot

El Vientre de París, publicada en 1873, es la tercera novela de *Los Rougon-Macquart*. Cada novela de Zola desarrolla un aspecto de la sociedad del siglo XIX: en esta, el autor se interesa por los Mercados, situados en el centro de París, y cuya arquitectura y funcionamiento describe minuciosamente.

El Vientre de París es aún una obra de juventud; la teoría de la novela experimental se construye principalmente alrededor de las descripciones eruditas que, en esta novela, rinden un homenaje vibrante a las pinturas impresionistas.

RESUMEN

CAPÍTULO 1

Madame François, verdulera de Nanterre, se dirige a los Mercados de París cuando ve a Florencio, desmayado y muerto de hambre, en la cuneta. Carga al joven en su carreta llena de verduras y lo lleva a la capital.

Condenado injustamente a trabajos forzados en Cayena durante las protestas de 1851, Florencio ha huido y, desde hace dos años, trata de volver a París clandestinamente.

¿SABÍA QUE...? EL GOLPE DE ESTADO DE NAPOLEÓN BONAPARTE

Cuando el mandato de Napoleón Bonaparte llega a su fin (1808-1873), este decide dar un golpe de Estado el 2 de diciembre de 1851 a fin de permanecer a la cabeza de Francia y de restaurar el Imperio. Para llevarlo a cabo, Napoleón recibe el apoyo de la opinión pública, víctima de la confusión que reina en el Parlamento. Ese mismo día, los jefes de la oposición son arrestados y encerrados en prisión. Tienen lugar una serie de batallas, sobre todo en el campo, que sin embargo terminan rápidamente. El 14 de enero de 1852 se promulga el Segundo Imperio.

El coche llega a los Mercados, los diez pabellones de cristal y acero flamantemente nuevos que constituyen «el vientre de París». El artista pintor Claudio Lantier se encuentra pronto con Florencio y lo lleva a la calle Pirouette, que el joven vagabundo parece conocer bien. Algunas caras de los Mercados hacen su entrada: las hermanas Méhudin, las pescaderas; Monsieur Lebigre, el dueño del café del barrio; Marjolin y Cadina, dos huérfanos que han crecido en los Mercados y que son las almas del lugar.

CAPÍTULO 2

La historia de Florencio se nos presenta por medio de una retrospectiva. Huérfano de padre, empieza Derecho, pero su madre, único sustento de la familia, muere. Así pues, abandona sus estudios para ocuparse de su hermano pequeño, Quenu, y se instala con él en París. Allí, su hermano termina por interesarse por los asadores gracias al pollero Gavard, mientras que Florencio se mete en política y participa en la insurrección republicana de 1848, y más adelante en la de 1851. Tras un tiroteo, es acusado injustamente de la muerte de una joven que había caído a sus pies y es encarcelado en Bicêtre. Así pues, le envían a realizar trabajos forzados, mientras Quenu aprende charcutería con su tío Gradelle.

¿SABÍA QUE...? LA REVOLUCIÓN FRANCESA DE 1848

La Revolución francesa de 1848 es consecuencia de la crisis económica que venía sacudiendo a Francia desde los últimos dos años y de la no intervención del rey, Luis Felipe I (1773-1850), para solucionar las cosas. El pueblo se subleva y pide una reforma profunda. Tras un incremento generalizado de la violencia, el rey abdica,

Tiempo más tarde, el viejo charcutero pierde a su mujer y contrata a una chica, Lisa Macquart, para que le sustituya en la tienda. Más tarde morirá Gradelle, tras lo cual Quenu y Lisa Macquart decidirán casarse y abrir una bonita charcutería en frente de los Mercados, gracias al dinero que les dejó el anciano tío. Lisa se convierte en «la bella Lisa» y da a luz a la pequeña Paulina. Así es como se convierte en un modelo de éxito y de honradez en el barrio.

Tras su huida, Florencio, por su parte, consigue volver a Francia y, más tarde, a París. En 1858 se reúne con su hermano en su charcutería. Lisa le ofrece la parte de la herencia de Gradelle que le corresponde, pero él la rechaza. Quenu acoge a su hermano en su casa.

Florencio visita a Gavard que, como él, es republicano. Este último es el pollero de los Mercados y le encuentra al joven un empleo de inspector de pescado, un puesto de gestión y de control en el pabellón de los pescaderos.

CAPÍTULO 3

Florencio acepta este empleo con poco entusiasmo. Ocupa el puesto de un tal Verlaque, a quien debe pagar un tercio de su sueldo. Florencio tiene dificultad para hacerse aceptar entre los pescaderos, quienes le detestan.

Florencio se une a Gavard y a los partisanos republicanos del café Lebigre. Ahí conocerá a Robine, de Manoury, de Logre y su jefe, Charvet, que modera los debates con su novia Clemencia.

En los Mercados, un incidente entre las Méhudin y la buena de la panadera Taboureau obliga a Florencio a castigar severamente a las primeras. La «bella Normanda», Luisa Méhudin, decide entonces vengarse de él. Su hijo Muche está aprendiendo a leer con Florencio, por lo que decide invitarlo a su casa con motivo de las clases, para agravio de su hermana Clara, quien está secretamente enamorada del joven. Esta táctica le permite hacer las paces con Florencio y visitarlo regularmente a fin de suscitar los celos de Lisa. Es de esta forma que ella espera que Florencio se enfade con Lisa.

Cuando Lisa se entera por Mademoiselle Saget, la chismosa del barrio, que Quenu va con su hermano al café Lebigre para conspirar, le monta una escena a su marido y echa a Florencio de su casa.

CAPÍTULO 4

Lisa desea saber más sobre las actividades políticas de Florencio. Así, decide reunirse con Gavard y sigue a Marjolin, su empleado, al sótano del pabellón de las aves. Pero este último le agrede: ella le golpea y huye, dejando a su agresor inconsciente.

Florencio y Claudio Lantier visitan a Madame François, la verdulera, en Nanterre, y disfrutan de una bella jornada en el campo. El pintor aprovecha este momento de descanso para explicar a Florencio su teoría de «los gordos y los flacos».

CAPÍTULO 5

Lisa, dudando sobre si denunciar a su cuñado, le pide consejo al padre Roustan, en la iglesia de San Eustaquio. Esta también registra la habitación de Florencio, donde descubre algunos escritos revolucionarios. En ese momento, su hija, Paulina, se encuentra jugando con Muche, pero el juego acaba mal: Paulina está llorando cuando Mademoiselle Saget interviene. Bajo el pretexto de acompañar a la niña, Mademoiselle Saget aprovecha para hacerle hablar. La pequeña revela haber oído decir a sus padres que Florencio es un excondenado a trabajos forzados. A Mademoiselle Saget no le hace falta nada más para ir a contar el rumor a las lecheras Lecoeur. Rápidamente, todas las vendedoras de los Mercados se vuelven hostiles a Florencio, salvo la bella Normanda, a quien le gustaría casarse con él.

Por su parte, Florencio planifica una insurrección sin saber que Logre es un mitómano y que Charvet, celoso de su carisma, se está apartando de él.

A fin de salvar su comercio, amenazado por los rumores, Lisa se presenta en la prefectura de policía y denuncia a Florencio. La reciben explicándole que conocen bien el asunto y le muestran las cartas en las que Mademoiselle Saget y la madre Méhudin le delatan. Consternada, Lisa vuelve a su casa y decide no contarle nada a su marido.

CAPÍTULO 6

La policía hace irrupción en casa de Lisa y Quenu en busca de Florencio. Registran la habitación de este último y le tienden una emboscada. Gavard, que acude a visitar al joven, es detenido por complicidad. Sin embargo, le da tiempo de darle la llave del armario donde guarda sus ahorros a su cuñada, la lechera Lecoeur, quien irá rápidamente a buscar el dinero.

Por su parte, Florencio abandona los Mercados y vuelve a su habitación. Es arrestado, al igual que Gavard, pero esto casi le tranquiliza, puesto que ya no podía soportar más el ambiente de los comerciantes de los Mercados.

Poco después, Lisa y la bella Normanda se reconcilian. El traidor Lebigre se casa con la bella Normanda y, con la ayuda de la prefectura «por los grandes servicios prestados» (Zola 1886, 205-206), abre un estanco. Bajo los ojos de un Claudio Lantier repugnado por la conspiración de los comerciantes y de la policía, Cadina y Marjolin continúan, indiferentes, correteando por los Mercados.

ESTUDIO DE LOS PERSONAJES

Según la teoría enunciada por Claudio Lantier en el capítulo 4, la humanidad se divide en dos categorías: los «gordos» y los «flacos». El único objetivo de los «gordos» en la vida consiste en engordar y los «flacos», devorados por su voluntad de mejorar la sociedad, son incapaces de engordar y son rechazados por los «gordos», a quienes inquieta su delgadez. Todos los personajes de *El Vientre de París* se reparten así entre las dos categorías.

LOS «GORDOS» DE LA CHARCUTERÍA

Quenu

Hermanastro de Florencio, este personaje ni siquiera tiene nombre en la novela: se le designa únicamente por el apellido de su padre, fallecido desde hace tiempo. Abandonado por su madre, que murió cuando aún era un niño, Quenu es criado por Florencio, quien se limita a considerarle como un niño retrasado y pasivo, y que tiene dificultades para conseguir que aquel encuentre su camino. Es cuando visita el asador de Gavard, extasiado ante las aves bien asadas, que por fin encuentra sufoco de interés: la comida. Esto le interesa tanto que abre su propia charcutería en frente de los Mercados, gracias a la herencia de su tío Gradelle. En ese momento pasa al bando de los «gordos», y siendo buen cocinero únicamente en la trastienda, se casa con Lisa, quien toma todas las decisiones por él. A lo largo de la novela, Quenu es mantenido fuera del mundo de los adultos: nadie le advierte del primer arresto de su hermano y Lisa denuncia a Florencio, también sin advertirle de ello. Juguete de su esposa, Quenu es ingenuo y de una pasividad culpable. Al final, tras el arresto del único ser que jamás le ha ayudado y amado, no puede sino llorar.

Lisa

Es la hija mayor de Macquart de Plassans. Pertenece a la rama bastarda de la familia Rougon-Macquart. Además, es hermana de Gervasia, la heroína de *La taberna* (1877). Lisa se casa con Quenu tras la muerte del tío Gradelle y trae al mundo a una niña, Paulina, quien será la heroína de *La alegría de vivir* (1884), el duodécimo volumen de *Los Rougon-Macquart*.

Lisa es una «gorda», siempre embutida en un atuendo impecable y respetable. Encarna el ideal burgués: bien alimentada, seria, impasible y de apariencia digna. Si bien es apreciada en el barrio, a «la bella Lisa» le corroe la envidia: está celosa de la «bella Normanda», con quien no quiere compartir el título de «reina de los Mercados». Su comportamiento viene así dictado por la voluntad de perjudicar a Luisa: su actitud hipócrita hacia su cuñado Florencio, su visita al párroco de la iglesia San Eustaquio, las mentiras a su marido, etc. Lisa termina por vencer, al final de la novela, a «la bella Normanda», mediante el arresto de Florencio, lo cual le permite encontrar la serenidad.

He aquí el retrato que da el Dr. Pascal, personaje epónimo de la novela que concluye Los Rougon-Macquart:

«Empezaba la rama bastarda con aquella Elisa Macquart,

tan frescota y robusta, que luciendo la prosperidad del vientre, con su delantal blanco, a la puerta de la salchichería, miraba sonriendo los mercados centrales, donde rugía el hambre de un pueblo la batalla secular de los Gordos y de los Flacos: el flaco Florencio, su cuñado, aborrecido, acosado por las pescaderas y las mercachifles, y a quien la salchichera misma, mujer intachable, pero incapaz de perdón, hacía prender como a republicano impenitente, convencida de que trabajaba por el sosiego de todas las personas honradas (El Doctor Pascal, capítulo 5, 1893)» (Zola 1893, 223).

LOS «GORDOS» DEL PABELLÓN DEL PESCADO: LAS MÉHUDIN

La madre Méhudin y sus dos hijas son las tres figuras emblemáticas del pabellón del pescado.

La madre Méhudin

La madre Méhudin tiene sesenta y cinco años. Está gorda, tiene la piel arrugada y viste cubierta de joyas vistosas y de mal gusto. Es el ama, «la matrona de los pescados»: ella dicta la ley en los Mercados y en su casa, en lo que respecta a sus dos hijas que viven bajo su techo. Desde la primera vez que lo ve, Florencio se convierte en objeto de su odio, porque es delgado y porque, en tanto que inspector, le multa. La madre Méhudin sale triunfante al final de la novela cuando el héroe es arrestado.

Clara Méhudin

La hija menor de la madre Méhudin es una rubita de una treintena de años, cuyo físico revela su fragilidad y delicadeza: retomando las palabras de Claudio Lantier, es «una santa de vidriera» (Zola 1886, 170). Incomodada por los olores demasiado fuertes de los pescados marinos, se encarga del banco de los pescados de agua dulce. Clara detesta a su madre y a su hermana mayor. Secretamente enamorada de Florencio y celosa de su hermana Luisa, no se declara y se contenta con quedarse enfurruñada en su habitación o detrás de su puesto. Cuando decide informar a Florencio de su detención inminente y pasar del bando de los «gordos» al de los «flacos», ya es demasiado tarde. Este personaje es una víctima de la tiranía maternal.

Luisa Méhudin

Luisa, apodada «la bella Normanda», es la hija mayor de la familia. Es una morena con curvas, de pechos generosos, que ha heredado el carácter dominador de su madre. Está casada con un empleado del mercado de trigo un pobre hombre impotente. Tiene un hijo, Muche, un niño abandonado a su suerte que es «lindo como un ángel y bruto como un carretero» (Zola 1886, 184). Este último aprende a leer gracias a Florencio. En un primer momento, la bella Normanda se muestra hostil al joven inspector y, posteriormente, aprende a apreciar a este «flaco» y lo utiliza para saciar su venganza contra Lisa, que desde siempre había sido su rival.

LOS «GORDOS» DE LOS OTROS PABELLONES: GAVARD Y LAS LECOEUR

Gavard

Gavard es «el gallo de corral del pabellón de las aves»[1]. Como su propio nombre indica por paronimia con la palabra francesa «bavard», que significa «hablador» y que rima con «Gavard», se trata de un hombre fanfarrón y presuntuoso. Ha acogido a Marjolin, el niño que fue encontrado en los Mercados, que le ayuda en su trabajo. Es asiduo a las reuniones en el café Lebigre, donde no se priva de criticar el régimen vigente. Republicano convencido, Gavard es un fanfarrón, falto de juicio alguno: se pasea por todos lados con su pistola y la muestra a todos los comerciantes de los Mercados.

Madame Lecoeur

Esta viuda imponente, lechera de su estado y «gorda» contrariada, según Lantier, cortejó sin éxito a su cuñado Gavard, viudo el también. Al final de la novela se venga de él al no destruir los documentos que él le había pedido que hiciera desaparecer antes de la llegada de la policía.

La Sarriette

Sobrina de Madame Lecoeur, que la ha acogido, la Sarriette es una joven descarada y regordeta, una vendedora de frutas sin escrúpulos y sin amor.

---

1. Cita traducida por ResumenExpress.com

LOS FUTUROS «GORDOS» DE LOS MERCADOS: CADINA Y MARJOLIN

Estos dos personajes encarnan el alma de los Mercados centrales de París. Ambos son huérfanos. Fueron encontrados en los Mercados y acogidos por vendedores, como Madame Chantemesse.

Marjolin

Marjolin es como el Quasimodo del lugar: grande, sólido, fuerte y brutal, a la par que simplón e ingenuo. Los Mercados constituyen su medio: se pasea por los sótanos del pabellón de las aves, donde disfruta matando palomas y gallináceas. Ama de una manera animal, fraternal y romántica a la pequeña Cadina, a la que conoce desde siempre. A pesar de ser violento, no es peligroso: cuando agrede a Lisa es él el que acaba herido y siendo trasladado al hospital.

Cadina

Cadina es una niña salvaje morena, de cabellos crespos y enredados, delgada, vivaz y lista. Debería pertenecer a los «flacos» pero no puede salir del vientre de París, el medio en el que crece y donde se contenta viviendo el día a día. Desprovista de educación alguna, seguirá siendo una vendedora callejera.

Otros personajes secundarios vienen a engrosar las filas de los «gordos» en *El Vientre de París*: el dueño del café Lebigre, con pocos escrúpulos, que traiciona a Florencio y a sus clientes y que explota a su criada, Rosa; los empleados de la charcutería, Augusto Landois y Agustina, que se casan y abren su propia tienda al final de la novela; la panadera, Madame Taboureau, que manda a su criada a hacer la compra en los Mercados, etc.

LOS «FLACOS»

En esta novela, consagrada al buen comer, son poco numerosos, pero son los más importantes.

Claudio Lantier

Claudio Lantier, sobrino de Lisa Quenu y primo de Étienne Lantier, es el futuro héroe de *Germinal* (1885) y, en esta novela, la figura del artista, antes de convertirse en protagonista de *La obra* (1886), el decimocuarto volumen de *Los Rougon-Macquart*. Es flaco y huesudo, tiene una cara grande, barbuda y simpática, una nariz fina y los ojos claros. Siente una gran simpatía por Florencio, a quien acoge desde su llegada a París, conduciéndolo hasta la calle Pirouette y mostrándole, con su mirada entusiasta de pintor, el nuevo barrio de los Mercados, en el que encuentra múltiples temas de inspiración. Claudio Lantier quiere pintar la modernidad, desea dejar testimonio de la realidad en toda su veracidad y, en este sentido, no deja de recordarnos a los pintores franceses impresionistas y realistas como Courbet (1819-1877), Manet (1832-1883) o Monet (1840-1926), a quienes Zola admiraba y apoyaba en sus obras críticas. Es él quien, tras un paseo por Nanterre, en casa de Madame François, le cuenta a Florencio su teoría naturalista de los «flacos» y los «gordos».

Florencio

Florencio es un hombre delgado, siempre enfundado en un traje negro. No pasa desapercibido en el mundo de los «gordos» de *El Vientre de París*. Demasiado generoso y demasiado desinteresado, rechaza la parte de la herencia que Lisa le propone a su llegada a casa de Quenu. Duda en aceptar el puesto de inspector de pescados que Gavard le encuentra porque no soporta ni los olores ni a los vendedores del pabellón de los pescados, sintiéndose además indispuesto por la abundancia de comida que ve por todas partes en los Mercados. Su sentido del honor, su altruismo y su ingenuidad le llevan a enviar los ingresos de su trabajo a Verlaque. También es él quien enseña a leer al pequeño Muche. Es un hombre tierno y tímido con las mujeres, incapaz de olvidarse de la joven que murió en sus brazos y que parece que es la única a la que jamás ha amado.

Este hombre, cuyos proyectos se ven frustrados por la muerte de su madre y condenado injustamente por una justicia ciega, es presentado como alguien frágil. Pero, en realidad, es un hombre valiente y determinado. Alimenta el mismo idealismo republicano que tenía antes de su periodo en el destierro y continúa la lucha. Una vez convertido en jefe de la conspiración en el café Lebigre, planifica meticulosamente la insurrección, antes de ser traicionado y detenido. Al igual que Eugenio Lantier, el «flaco» en *Germinal*, abandona la mina tras el fracaso de la huelga, Florencio abandona los Mercados tras el aborto de la insurrección.

Las otras figuras de republicanos, Charvet y Clemencia, al igual que Logre, el mandón de los Mercados o, asimismo,

Lacaille, son los «flacos» que luchan contra el sistema burgués.

Mademoiselle Saget

Mademoiselle Saget es una «flaca» particular. En vez de enfrentarse a los «gordos», sobrevive gracias a ellos e intercambia sus cotilleos y chismes a cambio de comida, que hace desaparecer en su capazo. Es una viejecita enclenque, ladina y malvada que, desde su casa en la calle Pirouette, espía a todos los habitantes del barrio y vierte sobre ellos las peores calumnias.

CLAVES DE LECTURA

EL NATURALISMO

A mediados del siglo XIX, nace en Europa una nueva corriente literaria y artística: el realismo. Este se caracteriza por el deseo de imitación de lo real: para los escritores, se trata de ser lo más objetivo posible. Ya no buscan idealizar lo que describen sino mostrar lo real tal y como es. Algunos autores llevarán el realismo aún más lejos, dando lugar a otra corriente, el naturalismo. A la cabeza de este, encontramos a Zola.

La ambición de Zola consiste en sobrepasar el realismo, fundado sobre la observación y la reproducción de la realidad, aplicando en sus obras (especialmente en su gran crónica novelesca de *Los Rougon-Macquart*, bajo el título *Historia natural y social de una familia bajo el Segundo Imperio*) los métodos científicos experimentales de la época, en particular, los del médico Claudio Bernard (1813-1878). Este último procede de la manera siguiente: observación-hipótesis-experimentación. En sus obras, introduce en escena a individuos particulares en un medio determinado y desencadena la sucesión de los hechos. La hipótesis que trata de demostrar en *Los Rougon-Macquart* es que el destino de los personajes viene influenciado por un doble determinismo: la herencia biológica y la influencia del medio.

La estética naturalista se manifiesta en *El Vientre de París* a través de la descripción minuciosa del decorado, los nuevos Mercados centrales, que constituyen un personaje en sí mismo, personaje que influye sobre los comportamientos de los vendedores.

Los Mercados, luminosos, limpios y modernos por fuera, esconden en sus sótanos un espectáculo desolador: la violencia bárbara contra los animales que se degüellan, los amores culpables y los más bajos instintos. Los Mercados son como un inmenso vientre que engulle los manjares más apetitosos, los frutos más bellos, pero que digiere los alimentos en secreto, en medio del enjambre asqueroso de desechos innombrables, de cráneos de corderos aplastados, de aves decapitadas, de sangre derramada, de verduras podridas, etc. Todos los vendedores mantienen con vida a este monstruo y acaban por parecerse a él: misma violencia, mismos apetitos insaciables, misma hipocresía, mismo contraste entre el ser, bárbaro y despiadado, y la apariencia, honorable y amable. También las calles oscuras, como la calle Pirouette, en la que «sus casas tienen vientres como de mujer embarazada» (Zola 1886, 27), retomando las palabras de Zola, son los lugares de la vida clandestina, y los personajes que evolucionan en ellas son tan lúgubres como su escenario: Mademoiselle Saget espía a través de la ventana de su hogar; el café Lebigre, con aires de casa cerrada, acoge a los conspiradores en su cuarto trasero; y Gavard esconde su botín en casa de Madame Léonce, su casera.

EL ARTE DE LA DESCRIPCIÓN

Zola es uno de los grandes maestros de la descripción novelística y su arte alcanza el más alto nivel en este volumen de *Los Rougon-Macquart*, hasta tal punto que los pasajes descriptivos estructuran la novela con más fuerza que los pasajes narrativos. Las descripciones son, en efecto, muy numerosas, y siempre se construyen de la misma forma:

- Zola comienza dando al lector una descripción objetiva. De esta forma, este último descubre los secretos de la fabricación de la morcilla en casa de Quenu, la manera de hacer mantequilla barata con Madame Lecoeur, o la práctica de la venta de las «sobras», los restos de los platos de las grandes cenas;
- además, rápidamente, la descripción objetiva se hace subjetiva. Cada puesto se convierte, a través del uso de metáforas hiladas y de las muy numerosas personificaciones, en un auténtico cuadro impresionista. En este sentido, podemos citar, en el capítulo 1, la descripción de las verduras donde Florencio descansa lo cual da una impresión primaveral de frescura y renovación o, en el capítulo 3, la descripción de los pescados, asociada al tema de la orfebrería y de la joyería, en donde se crea una atmósfera envilecida.

Este paso de lo objetivo a lo subjetivo da un significado simbólico evidente a cada descripción de la novela. Los vendedores se funden en su decorado y se parecen a sus productos. Pensemos en la descripción de la lechería Lecoeur, que propone un paralelismo entre el olor pestilente de los quesos y los propósitos igualmente nauseabundos de las cotillas, Mademoiselle Saget, Madame Lecoeur y la Sarriette cuando deciden denunciar a Florencio.

La importancia de las descripciones en *El Vientre de París* y sus diferentes funciones explican la primera aparición del personaje Claudio Lantier, el pintor incomprendido de la modernidad. De hecho, Zola siente y evoca el barrio de los Mercados como lo haría un pintor.

LA HISTORIA DEL SEGUNDO IMPERIO

Todas las novelas de Émile Zola tienen el Segundo Imperio (1852-1870) como contexto histórico, en el que el autor no cesa de criticar la política incierta y la corrupción.

El Vientre de París evoca más particularmente la insurrección popular de febrero de 1848, que constituye la segunda Revolución francesa y que pone fin a la Monarquía de Julio (1830-1848) para instaurar la segunda República; al igual que las protestas de diciembre de 1851, posteriores al golpe de Estado de Luis Napoleón Bonaparte mediante el que se declaró el Segundo Imperio. *El Vientre de París* da cuenta de los movimientos republicanos, en los que se mezcla Florencio, y de un clima de insurrección que Napoleón III (1808-1973) intenta aplacar en vano.

Esta novela ofrece, así pues, un testimonio preciso sobre la historia de los Mercados centrales. La construcción de este gran edificio comercial situado en el centro de París, entre 1852 y 1872, se la debemos al arquitecto francés Victor Baltard (1805-1874). La estructura de hierro y cristal de los pabellones de los Mercados es el símbolo mismo de la era industrial y de la modernidad. No es sorprendente que estas construcciones inspiren al pintor Claudio Lantier, que ve en ellas la encarnación del progreso.

PISTAS PARA LA REFLEXIÓN

ALGUNAS PREGUNTAS PARA PROFUNDIZAR EN SU REFLEXIÓN...

- Elabore el esquema actancial de la novela con todos los personajes.
- Estudie la narración enmarcada que supone la retrospectiva al periodo de trabajos forzados y a la huida de Florencio. ¿Cuáles son las diferentes funciones de esta narración?
- ¿Qué visión de la mujer propone Zola en esta novela?
- ¿En qué sentido puede considerarse a Marjolin y a Cadina como personajes alegóricos?
- En su opinión, ¿quién es el protagonista de la novela, Lisa o Florencio?
- En el capítulo 5, estudie la articulación entre diálogo, relato y descripción en el pasaje que abarca desde «Alrededor de ellas los quesos hedían» hasta «su nota aguda y particular en aquella frase ruda hasta la náusea» (Zola 1886, 111-112).
- ¿De qué manera está presente el tema de la renovación en el episodio del domingo en el que Claudio Lantier y Florencio van a casa de Madame François, en Nanterre, en el capítulo 4?
- ¿En qué consiste el naturalismo en esta obra?

¡Su opinión nos interesa!
¡Deje un comentario en la página web de su librería en línea,
y comparta sus favoritos en las redes sociales!

PARA IR MÁS ALLÁ

EDICIÓN DE REFERENCIA

- Zola, Émile. 1886. *El Vientre de París*. Traducido por Emilio Mª Martínez. Barcelona: Gasso Hermanos Editores.

ESTUDIOS DE REFERENCIA

- Granet, Marcel. 1973. *Le Roman expérimental d'Émile Zola*. Tesis doctoral. Niza: Association des publications de la Faculté des Lettres de Nice, Centre de Narratologie Appliquée (CNA).
- Lanoux, Armand. 1978. *Bonjour Monsieur Zola*. París: Garesset.
- Mitterand, Henri. 1999. *Zola, Le Roman naturaliste – Anthologie*. París: Le Livre de Poche.
- Zola, Émile. 1893. *El Doctor Pascual*. Madrid: La España Moderna.

EN RESUMENEXPRESS.COM

- Guía de lectura de *El Paraíso de las Damas* de Émile Zola.
- Guía de lectura de *La bestia humana* de Émile Zola.